TODO POR UNA AVENTURA
Minis vol. 4

Primera edición: Febrero 2021

Copyright © Elsa Tablac, 2021

Todo por una aventura

Minis #4

Elsa Tablac

CAPÍTULO 1

S USAN

Solo iba a ser una noche. Solo unas horas en las que me obligaría a divertirme y dejarme llevar por mis instintos. Pero el sol ya asomaba por la ventana y había llegado el momento de una retirada digna y discreta. Me deslicé de la cama con cuidado de no despertar a Andy. ¿Andy?

No tenía ni idea de si ese era su nombre real. No podía saberlo con certeza. El mío, desde luego, no lo era.

—Fiona —le había dicho sin pestañear, cuando me preguntó cómo me llamaba en el bar del hotel.

Era lo primero que se me había ocurrido, pensando en Fiona Apple, una de mis cantantes favoritas. En ese momento ya había decidido que Andy era el candidato ideal para dejarme llevar. Estaba en Miami por trabajo, había sido un día muy largo y aquel hombre atractivo parecía dispuesto a todo. Cuando me propuso subir a su habitación con él, no me lo pensé. Lo que pasa en Miami, se queda en Miami, fue lo primero que se me ocurrió para liberarme de cualquier mínimo remordimiento.

Andy era el propietario de varios restaurantes, dos allí, en Miami, otro en Orlando, el lugar donde se había criado, y uno más en San Francisco. Me sorprendió aquella revelación, pues parecía bastante joven como para tener ese pequeño imperio. No podía tener más de treinta y cinco años, más o menos mi edad.

TODO POR UNA AVENTURA

Yo estaba en Miami con motivo de un congreso de medicina que había durado tres días, y esa era mi última noche en la ciudad. Mi vuelo de regreso a Nueva York salía a las once de la mañana, por lo que tomar una copa en el bar del hotel conmigo misma me pareció un plan perfecto.

Es un pequeño ritual que mantengo cada vez que he de salir de la ciudad por trabajo, algo que no sucede a menudo. Allí donde nadie me conoce, en cualquier hotel que tenga un bar tranquilo y acogedor. Me tomo un Bloody Mary o un San Francisco y después subo a la habitación para darme un baño y pedir algo de cenar al servicio de habitaciones.

Pero ese día Andy, como decía, se me había acercado, en el bar del hotel. Me contó que oficialmente vivía en Orlando, aunque viajaba bastante por trabajo y que se sentiría muy feliz si aceptaba una segunda copa y compartíamos un rato de conversación.

Le dije que sí. Por supuesto. No me quedaba otra opción, pues era el hombre más atractivo que había visto en semanas; y eso que salía de un congreso plagado de médicos deseosos de pasar un buen rato. Por lo general, un segundo cóctel puede causar estragos en mi conciencia, pero mantuve el tipo.

Esa noche sería Fiona. Y Fiona siempre estaba dispuesta a divertirse y ser un poco traviesa.

Lo dicho, subí a su habitación con él, consciente de la química explosiva que se había evidenciado durante nuestra conversación, en la barra del bar. La habitación de Andy estaba en la misma planta que la mía, así que su propuesta no fue brusca. Simplemente me acompañó a la puerta 232 y de ahí decidimos pasar a la 248.

No me quiero justificar, ni mucho menos ante mí misma. En ese momento estaba soltera, trabajaba hasta la extenuación en el hospital y me merecía un poco de diversión, claro que sí. El motivo por el que surgieron mis dudas en cuanto desperté fue que estaba muy cómoda durmiendo a su lado. Demasiado cómoda. Hacía meses que no estaba tan bien, de hecho.

Pero Nueva York, y mi trabajo en el hospital, me esperaban, así que lo menos problemático sería desaparecer de su cama y de su realidad, como si nada hubiera pasado. Nada de teléfonos, ni emails, ni promesas vanas de segundos encuentros. Solo había sido una aventura, ¿no?

Todo era más fácil así.

O eso creía.

ANDY

Creo que durante las últimas horas de sueño ya pensaba en ella y en todo lo que acababa de suceder entre nosotros. Fiona. La doctora Fiona. Una impresionante belleza rubia, sola en el bar del Hotel Alchemist. ¿Cómo no iba a acercarme y preguntarle si quería un poco de compañía y de conversación?

Lo que no podía esperar, bajo ningún concepto, era despertarme ese día y encontrarme el otro lado de la cama vacío. Miré la hora en mi teléfono móvil, completamente desorientado. Las ocho menos cuarto de la mañana. ¿En qué momento se había largado de la habitación? ¿Cómo había logrado salir de allí sin despertarme?

Me puse una camisa y unos calzoncillos a la velocidad de la luz y salí al pasillo, descalzo y desubicado. No recordaba exactamente cuál era su habitación. ¿La doscientos veintidós? ¿Doscientos dieciocho?

Absolutamente ridículo. Así me sentí, llamando a varias puertas y encontrándome con huéspedes molestos y somnolientos. Una de las chicas que acondicionaba las habitaciones me observó sin poder dar crédito.

—Busco a una mujer rubia que estaba en una habitación, por aquí cerca...

—¿Una mujer rubia? Tal vez lo mejor es que pregunte en recepción, señor. Pero de ahí mismo acaba de marcharse una de nuestras clientas —respondió, señalando la puerta doscientos treinta y dos, que en ese momento estaba entreabierta.

—¿Acaba de marcharse?

—En realidad no. La vi hace un rato.

Consciente de mis pintas y mi cara de sueño, regresé a mi habitación y me puse unos pantalones. Después bajé todo lo rápido que pude al salón donde se ofrecía el desayuno. Pregunté por ella en recepción. Me dijeron que la huésped de la 232 había hecho el *check out* hacía unos cuarenta minutos y que el coche que había solicitado ya la había llevado al aeropuerto.

Me quedé desconcertado. Petrificado, de hecho. Era la primera vez que una mujer se largaba de mi cama sin despertarme. Era una situación extraña, inquietante. Sentía que había perdido por completo el control de la situación, de la que ella se había apoderado por completo.

La doctora Fiona. Vivía y trabajaba en un hospital de Manhattan. No había entrado en detalles sobre su vida. ¿Tal vez estaba casada y había preferido que todo quedase en una noche aislada?

Regresé de nuevo a mi habitación y me di una ducha un poco más larga de la cuenta. Seguía excitado y cabreado, esa era la pura verdad. Analicé una y otra vez, en mi cabeza, la secuencia de los hechos. ¿Por qué no se había despedido?

Me negaba a aceptar que se hubiese esfumado así como así.

Y en ese momento, bajo la ducha, tuve un pensamiento reconfortante:

Mi próximo restaurante se inaugura en solo tres semanas.

En Nueva York.

Un pequeño detalle que olvidé mencionarle a Fiona durante nuestra conversación.

CAPÍTULO 2

Tres semanas después
SUSAN

Revisé por enésima vez la web de la cadena de restaurantes Kendrick, propiedad de Andy Kendrick. Seguían sin actualizar la fecha de apertura. PRÓXIMAMENTE EN MANHATTAN, era lo único que anunciaba la página; acompañado de la dirección exacta en la que estaría: la Segunda Avenida en el cruce con la calle 74. En Lennox Hill, no demasiado lejos del hospital en el que trabajo; el Presbyterian Weill Cornell Medical Center.

Levanté la vista cuando oí que alguien entraba en la sala común, en el edificio de Urgencias. Era Becky, una de las doctoras residentes que tenía a mi cargo. Me encantaba Becky y su agotadora energía *millennial*. Nos estábamos haciendo amigas. Iba a ser una gran doctora, no me cabía la menor duda. Era la primera vez que entablaba una relación más o menos amistosa con una de las jóvenes doctoras que debía supervisar cada año.

—¿Alguna nueva pista? —me preguntó.

Una noche en la que tomamos demasiados cócteles acabé contándole lo sucedido en el Hotel Alchemist con aquel tipo atractivo, Andy Kendrick —ya me había ocupado de averiguar su apellido, por supuesto— y algunos datos más. No demasiados. Parecía un tipo que se preocupaba por su privacidad y que no aireaba su vida en Internet, lo cual me resultaba sexy y misterioso, y a la vez era un engorro porque me impedía seguirle el rastro.

Guardé mi *tablet*. Aquella guardia se estaba haciendo eterna. No recordaba la última vez que habíamos tenido una noche tan tranquila en urgencias.

—No estaba investigando —le dije a Becky.

Me miró con aquella sonrisa malévola que ya empezaba a conocer bien.

—Dime. ¿Te has acercado al restaurante para ver cuándo abren?

La miré, dudando si decirle la verdad o no.

—He pasado por allí, pero solo porque tenía que hacer unos recados por esa zona del Upper East Side.

—Ya, claro.

Le lancé uno de los cojines raídos que había sobre el sofá.

—¿Sigue en obras? —me preguntó.

Becky era lista y sabía perfectamente que estaba enredada en una pequeña obsesión que se me estaba yendo de las manos. Mi plan perfecto de olvidarme de Andy en cuanto saliera por la puerta de aquel hotel no había resultado tan fácil como yo creía. Habían pasado tres semanas de nuestro encuentro y yo seguía pensando en él. Al principio pensé que solo se debía a que llevaba tanto tiempo sin conocer a un hombre interesante que la situación me había sobrepasado un poco.

En cuanto subí al avión y me abroché el cinturón de seguridad me arrepentí de no haberle dejado una nota con mi nombre real: Susan, y un teléfono de contacto. Tal vez nunca me llamase, pues estaba claro que lo nuestro solo había sido una historia de una noche, pero, ¿qué hubiese pasado si él me hubiese contactado?

Ese par de horas de vuelo fueron una auténtica tortura, pero llegué a un acuerdo conmigo misma:

Ya está. Es mejor así. *Quédate con esas horas y con los ¿cuatro? ¿cinco? orgasmos que él ha arrancado de tu cuerpo casi sin inmutarse.*

Cuando llegué a casa lo primero que hice fue buscar en Internet, por supuesto. No sabía exactamente qué quería encontrar. Bueno, sí que lo sabía. Quería averiguar si estaba casado. Esa era, pensaba, la única manera de olvidarme de él de un plumazo. Por desgracia, algo me decía que no, que el hombre con el que había estado hablando en el hotel, y con el que había pasado la noche más increíble que pudiese recordar, era tan libre como yo.

No encontré nada. Solo su nombre completo: Andy Kendrick. Todo un emprendedor que empezó como chef en un restaurante que acabó adquiriendo. Tal fue su éxito en su ciudad natal, Orlando, que expandió la empresa en varias ciudades.

En aquellas tres semanas había regresado varias veces a aquella página web corporativa e impersonal. Inmutable.

Hasta que vi una pequeña actualización que hizo que mi corazón saltara.

Un nuevo restaurante. En Nueva York.

Y estaría localizado a apenas quince minutos caminando del hospital en el que yo trabajaba. Y para colmo, las obras avanzaban a buen ritmo. La inauguración era inminente.

ANDY

La enésima recepcionista torció el gesto ante mi pregunta sospechosa. Aquel era el ¿décimo? hospital que visitaba en Manhattan. En todos ellos mi discurso era más o menos el mismo: busco a una doctora de urgencias llamada Fiona. Hace tres semanas salvó la vida de uno de mis sobrinos en Miami y necesito encontrarla para darle las gracias.

Era un cuento que cojeaba, era del todo consciente, pero iba a quedarme casi un mes en Nueva York y no estaba dispuesto a dejar pasar la oportunidad de encontrarla. Imprimí una lista con los más de ochenta hospitales que había en Manhattan. Empecé a visitarlos uno por uno. Lo hacía normalmente por las tardes, una vez el trabajo en el nuevo restaurante estaba controlado; aunque ese día había pasado por allí a primera hora de la mañana. No se me ocurría ninguna otra forma de localizarla.

Salí del Mount Sinai, contrariado con mi nuevo fracaso, y me acerqué a una cafetería para comprar un *expresso* para llevar. Necesitaba un buen chute de cafeína. Había estado trabajando duramente en la apertura del nuevo local. Ya estaba casi todo listo, a pesar de que quedaban tres días para la inauguración.

Dejé al mando a Edgar, —el relaciones públicas que había contratado para dirigir la sede de Nueva York—, para que controlase los últimos detalles, y me concentré en tratar de localizar a la doctora. No había conseguido sacármela de la cabeza desde esa noche en el Alchemist, y la perspectiva de mi llegada a Nueva York no había hecho sino aumentar mi obsesión.

Me senté al sol en un pequeño parque, rodeado de los impresionantes rascacielos de Manhattan. Saqué mi iPhone del bolsillo y llamé a Edgar.

—¿Todo bien? —le pregunté.

—Todo bajo control, jefe. ¿Y tú? ¿Has localizado a la doctora Fiona?

—No. Tampoco trabaja en el Mount Sinai. No sé si esto es una buena idea... Tal vez deba hacer un esfuerzo extra y olvidarme de una vez de este asunto.

Fui consciente del silencio al otro lado de la línea. ¿Por qué le había contado mi absurdo enredo sentimental a mi nuevo empleado? Ni idea. Solo pensé que él, como neoyorquino, tendría una idea más certera —o más realista— sobre cómo localizar a alguien de quien solo sabes su nombre de pila y su aspecto; en una ciudad tan monstruosa como aquella.

—Ya. Es complicado. Pero recuerda que es posible que el personal de recepción no esté autorizado a darte esa información —contestó Edgar.

—Sí. Lo sé. Tienes toda la razón.

Me dolía reconocerlo. Empezaba a pensar que tenía que dejar todo en manos del azar. Si nuestros caminos estaban destinados a cruzarse de nuevo, sin duda lo harían. Poco podía hacer yo, más que estar atento y receptivo; y permitir que las cosas sucedieran por sí solas.

—¿Cómo va la instalación de los hornos? —le pregunté.

—Casi han terminado. Pero tenemos un pequeño problema con una de las lámparas.

—Está bien. Voy hacia allá.

Consulté mi reloj. Eran las nueve de la mañana pasadas y los operarios habían empezado a trabajar en el restaurante a las siete en punto. Era la única manera de que todo estuviese a punto para la inauguración. Estaba nervioso, a pesar de que aquel local representaba ya mi sexta apertura. ¿Quién iba a decir que los restaurantes Kendrick iban a tener tanto éxito?

Y a pesar de ello, después de aquellos años frenéticos, lo que me apetecía era detenerme un poco y apuntar mi negocio. Así lo sentía. Íbamos a tener que trabajar a fondo en nuestra sede de Nueva York, destinada a ser la más importante de la cadena.

Si tan solo pudiera encontrarla...

Llegué al local en la Segunda Avenida y vi a Edgar subido a una escalera, peleándose con la enorme lámpara de araña que nos acaba de llegar, y que sin duda centraría las miradas de cualquiera que entrase en el restaurante.

—Estos malditos brazos se enredan...—dijo Edgar.

Desde abajo, a dos metros de distancia, vi exactamente dónde estaba el problema. Edgar bajó con cuidado de la escalera.

—Deja que pruebe yo —dije.

Subí los peldaños con cierta seguridad. No puedo negar que una de las cosas por las que me gusta tanto abrir nuevos restaurantes es porque soy un apasionado de las reformas. Me encanta arreglar cosas, no consigo resistirme. En cuanto alguno de los operarios me lo permite, me pongo a enredar con cables y taladros. De hecho, uno de mis vicios inconfesables son los programas de televisión de reformas. Me fascinan.

Pero a veces hay accidentes.

Y esa mañana tuve uno que cambió el curso de los acontecimientos. Un accidente que me devolvió la buena suerte. Qué paradoja. Al bajar por la escalera de mano resbalé y caí estrepitosamente, golpeándome la cabeza y perdiendo el conocimiento.

Cuando me desperté, estaba en el séptimo cielo; y un ángel rubio apuntaba a mi pupila con una pequeña linterna.

CAPÍTULO 3

SUSAN

Mi mano temblaba y era evidente. Becky me miraba alucinada mientras observábamos la radiografía del cráneo de Andy Kendrick. Había llegado a urgencias hacía unos veinte minutos en una de las ambulancias y en cuanto lo vi pedí que lo introdujesen en el box número ocho, donde yo misma lo atendería, a pesar de que apenas faltaban diez minutos para terminar mi larga guardia nocturna.

—Parece que no es nada importante —murmuró Becky.

—No —contesté—. Podemos descartar cualquier contratiempo. No veo nada problemático en la radiografía, más allá del golpe.

Señalé la contusión con un bolígrafo. Andy estaba en la cama, aturdido pero consciente.

—Voy a pedir que se quede en observación el resto del día —dije—. Solo por si acaso.

—Me temo que va a ser imposible, doctora —contestó él—. Estoy perfectamente. Y más ahora que...

Lo interrumpí. No parecía estar del todo en sus cabales y no quería que se le escapase nada acerca de nuestro encuentro anterior. Al menos no delante de Becky. Ella aún tenía un par de horas de guardia por delante y podría dejarla a cargo de mi inesperado paciente sin ningún problema. Pero tenía que hablar con Andy a solas.

Su mirada se perdió en la placa que colgaba de mi bolsillo y donde se podía leer mi nombre claramente: doctora Susan Connelly.

—Susan —dijo—. ¿Podríamos hablar un momento en privado?

Lancé una mirada suplicante a Becky que, por suerte, captó al instante.

—Avísame cuando quieras que vuelva —repuso mi ayudante.

—Gracias, Becks. Te aviso enseguida.

Nos dejó solos. No sabía ni por dónde empezar. Ni siquiera había asimilado los nervios que se apoderaron de mí en cuanto lo vi entrar en aquella camilla, saliendo de la ambulancia. Lo llevamos a observación enseguida. Hasta que pude ver aquella placa y asegurarme de que todo estaba bien, pensé que podía haberle sucedido algo grave, como un traumatismo o un coágulo. Todo estaba bien, por suerte. Ahora me tocaba lidiar con mi retirada.

—¿Tiene una hermana gemela, doctora? —me preguntó, con el rostro serio.

Carraspeé. Aquello sí que no me lo esperaba.

—¿Una hermana gemela?

—Sí. Fiona. La conozco. La conocí en Miami hace unas semanas. Fue una noche en la que...

Le tapé la boca con la mano. Las enfermeras entraban a los boxes constantemente y no quería que nadie más se enterase de mi pequeña aventura en Florida. Ya me pesaba que Becky estuviera al corriente y en lugar de quitarme la idea de la cabeza se hubiese dedicado en las últimas semanas a tratar de convencerme para que asistiéramos juntas a la inauguración del nuevo restaurante de Andy.

—Yo soy Fiona.

—Pero...

—Está bien. Susan. Mi nombre es Susan. Y siento haberme largado de la habitación sin decir nada.

Observé su gesto de sorpresa. Metí mi mano en el bolsillo, seguía muy nerviosa y notaba como mi pobre estómago seguía sin relajarse después de nuestro atropellado encuentro.

—Está bien. Sin comentarios, Susan. ¿Sabes una cosa?

—Qué.

—Te he estado buscando.

—¿Cómo?

—He preguntado por ti en varios hospitales. Obviamente aún no había tachado de mi lista el...—miró a su alrededor—. ¿Dónde estoy?

—En el Presbyterian de Lennox Hill —contesté—. ¿Cómo pensabas encontrarme, Andy? ¿Preguntando por la doctora Fiona?

—No me dejaste muchas otras pistas.

Me mordí el labio. Lo hubiese besado allí mismo de no llevar encima aquella bata blanca. Era increíblemente guapo, a pesar de estar accidentado. Se había puesto en mis manos y me había dejado trabajar sin causarme ni un solo problema. Aquella confesión, en aquel momento, sin darle la más mínima importancia al hecho de que había visitado varios hospitales para tratar de localizarme, hizo que mi corazón empezase a palpitar con fuerza.

Me coloqué el estetoscopio, lo llevé hasta mi corazón y lo ausculté delante de él. Después lo obligué a que se recostara en la cama e hice lo mismo con el suyo. Nuestro pulso estaba igual de acelerado.

ANDY

Me dijo que su turno había terminado, pero no estaba dispuesto a permitir que se escapase de nuevo. Ni de coña. Había tenido que quedarme inconsciente para que el milagro sucediese. Sin embargo, la realidad era que estaba semidesnudo, cubierto a duras penas por una bata ridícula y semi inmovilizado en la camilla de un hospital.

—Doctora Connelly...Susan —me corregí al instante, bajando la voz y convirtiéndola prácticamente en un susurro—. Antes de que te marches de nuevo...necesito saber...¿por qué te fuiste? Solo eso. Nada más. Si tienes tu vida en Nueva York y aquella fue solo una noche de puro escape, lo aceptaré. Me costará, pero lo aceptaré.

¿Le estaba preguntando si estaba con alguien y por eso había huido? Sí, diría que sí.

—Si es a lo que te refieres, Andy, no. No estoy casada. No comparto mi vida con nadie. Solo fue una noche, ¿no? Nos encontramos en aquel bar y a los dos nos apetecía compañía. Así lo interpreté. Es mejor para mí...

—¿Mejor para ti?

—Quiero decir, es mejor no complicarse, creo. Tú vives en Florida y yo en Nueva York. Solo interpreté que nos dejamos llevar y que no había necesidad de mantener el contacto más allá de esa noche..

No me creía nada de lo que estaba diciendo.

—¿Es eso lo que quieres realmente?

Enmudeció de repente. Intenté leer lo que su mente proyectaba pero era totalmente imposible. Era hermética, tal vez porque así lo requería su trabajo en ese momento. Era como si aquella bata de médico se interpusiera entre nosotros y no le permitiese expresar libremente lo que sentía. De todas formas, y por miedo a que contestase que sí, que sí era lo que deseaba y me confirmarse que no volveríamos a vernos, decidí proponerle algo.

—Escúchame un segundo.

—He de irme, Andy. Te dejo en buenas manos, pero ahora mismo yo no...

—Voy a pasar un tiempo en Nueva York —le dije—. Dentro de tres días inauguramos mi nuevo restaurante. Lo celebraremos el viernes por la noche, y estás invitada. Puedes venir con quien quieras. Dejaré tu nombre en la lista, y si, por alguna casualidad, tuvieras algún interés en...que hablemos con un poco más de tranquilidad después de esto, me encantaría que me acompañases esa noche.

Susan asintió.

—Está bien. Ahora mismo no te puedo confirmar seguro sí...

—A las diez de la noche. Está en la Segunda Avenida con la calle setenta y cuatro.

En ese momento Edgar asomó su cabeza por la cortina que nos separaba del resto del mundo.

—¿Todo bien por aquí, jefe?

—No he muerto, parece ser.

—¿Se recuperará, doctora? —le preguntó.

—Se pondrá bien. Se quedará unas horas en observación y si todo va bien podrá marcharse esta misma noche.

Extendió su mano y la colocó sobre la mía, en una pequeña concesión respecto al muro férreo que nos separaba; la frontera entre médico y paciente.

—Gracias por todo, Susan —le dije—. Confío en verte el viernes.

Se despidió de nosotros y nos dejó bajo aquella luz aséptica e impersonal. Edgar insistió en quedarse, pero preferí que regresara de inmediato al local para supervisar los últimos arreglos. En cuanto se fue entró la nueva doctora, una chica joven llamada Becky O'Callaghan que, según me dijo, trabajaba muy estrechamente con Susan desde hacía casi medio año. Era simpática. Me acompañó un rato y estuvo pendiente de que no me muriese. Le conté que estaría en la ciudad durante al menos un mes más, por cuestiones de trabajo. Pareció muy sorprendida cuando le hablé de la nueva sede de Kendrick.

—Oh. Andy. Ahora entiendo todo.

—¿A qué te refieres?

—Al motivo por el que la doctora Connelly se ha alterado tanto al verte.

Aquella chica parecía tener ganas de conversación.

—¿Por qué no me cuentas un poco más, Becky? —le pregunté, exhibiendo la mejor de mis sonrisas.

CAPÍTULO 4

S USAN

La relaciones públicas del nuevo y flamante restaurante Kendrick revisó de nuevo aquel interminable listado. Era increíble. No podía estar sucediendo aquello.

—Lo siento. No encuentro ninguna Susan Connelly en la lista de Andy.

Becky, a mi lado, empezaba a impacientarse. No era la primera vez que salíamos juntas, pero sí era la primera que le había rogado que me acompañase a algún sitio por la noche. He de reconocer que me aproveché un poco de mi situación de poder. Al fin y al cabo, estaba a mi cargo en la sala de urgencias del hospital. Yo era su jefa. Era difícil que Becky se negase a venir conmigo a la inauguración del restaurante de Andy. Pero en mi defensa, debía decir que era un planazo irrechazable. Según mis fuentes era una de las aperturas más esperadas en la ciudad y a juzgar por la cantidad de gente que esperaba para entrar no tardaría mucho en convertirse en uno de los sitios de moda.

—¿Puedes revisarlo otra vez? —le preguntó Becky, un poco impertinente—. Ha de estar. Le salvó la vida el martes pasado. Andy se accidentó y fue a parar a nuestro hospital. Es más, ¿por qué no se lo preguntas?

—Ya lo he mirado. Lo siento, no puedo dejaros pasar si no estáis en la lista.

—¿Puedes probar con Fiona Connelly? —pregunté de repente.

La chica, seguramente una modelo contratada para la ocasión, nos observó con un gesto de fastidio. Si no fuera porque le pagaban por ser simpática, ya nos habría pedido que nos largásemos de allí. Deslizó su perfecta manicura hasta la letra F.

—Fiona Connelly. Aquí estás.

Levantó la mirada exhibiendo su mejor sonrisa, mientras tachaba el nombre.

—Podéis pasar —nos dijo, apartándose un poco, como si no hubiese sido una auténtica borde hacía solo tres segundos—. Bienvenidas a Kendrick.

Becky y yo nos miramos perplejas. ¿Qué significaba aquella bromita de Andy? ¿Fiona Connelly?

—Muy gracioso —murmuré entre dientes.

—No esperabas que te lo fuese a poner todo tan fácil después de largarte a la francesa de su habitación, en plena noche, con los zapatos en la mano.

Le respondí con un codazo. ¿No es genial adquirir esta máxima confianza con tus subordinados? Sabía de buena tinta que Becky había pasado el resto del martes, cuando yo dejé el hospital, cuidando de Andy. Le pedí que me avisara si algo iba mal, o si por alguna casualidad empeoraba, aunque intuía que se recuperaría rápido. Fue raro. Necesitaba poner un poco de distancia entre los dos de inmediato para procesar la furiosa catarata de sentimientos que se estaba desatando en mi interior.

Echamos un vistazo al local. Era impresionante. Había quedado fabuloso. Era un lugar acogedor decorado con muebles rústicos de color blanco y puntos de luz estratégicamente colocados. Una gran lámpara presidía el centro de la sala principal.

—Dinero. Aquí huele a dinero, doctora —dijo Becky.

—¡No seas ordinaria, doctora! —sí, nos llamábamos "doctora" entre nosotras—. Te recuerdo que, si sigues como hasta ahora, pronto te aceptaremos en el club de la élite médica de Manhattan.

—Impaciente por poder codearme con todos vosotros y ser digna de vuestra estirpe.

Eché un vistazo alrededor. Sinceramente, pensaba que aquel evento sería algo más informal. Allí había gente demasiado elegante, e incluso Becky había optado por un atuendo algo más discreto que el mío. Yo había escogido un pantalón *palazzo* de color negro y un top lencero de color rosa que caía hasta mi cadera, debajo de un *blazer* oscuro. Me encantaba ponérmelo, pero tal vez era demasiado sexy para la ocasión. Crucé los brazos por encima de la chaqueta.

—Ni de coña. ¡No te tapes, Susan! —dijo Becky—. Estás espectacular. Cuando te vea Andy se morirá.

—Bueno, te recuerdo que ha saboteado deliberadamente nuestro acceso a su fiesta.

—¡Bah, no es para tanto! Seguro que lo ha hecho para poder acercarse a la portera y rescatarnos de la situación cual caballero andante.

—¿La portera?

Me eché a reír. Me encantaba salir con Becky. A veces nos veíamos involucradas en situaciones surrealistas por su culpa, pero siempre era divertido. Si la noche se torcía, siempre podíamos meternos en un taxi y seguir la fiesta en algún bar del SoHo.

Pescamos dos copas de vino rosado al vuelo, y justo cuando estaba a punto de abalanzarme sobre una apetitosa bandeja de canapés, lo vi, sonriéndome desde el fondo de la sala. Estaba rodeado de gente que le hablaba, pero él no parecía prestarles atención. Se excusó y empezó a cruzar la sala hasta donde estábamos. Becky decidió que ese era el mejor momento para practicar uno de sus números de escapismo. Yo me quedé clavada en el suelo. Incapaz de moverme, y casi incapaz de respirar.

ANDY

Me hizo gracia que Susan tratase de ocultar su exhuberante escote, como si yo no la hubiese visto ya desnuda y hubiese olvidado aquella prodigiosa escena. Como si no hubiese paseado mi lengua por aquellos deliciosos pechos, los mismos en los que pensaba perderme de nuevo. Lo antes posible. A poder ser ya, en ese preciso instante. Observé como la joven doctora Becky se perdía en el *catering*.

—Me alegra tanto que estés aquí —le dije cerca del oído, en cuanto me acerqué para besarla.

Noté como su cuello se tensaba. ¿La ponía nerviosa o simplemente seguía teniendo dudas acerca de que lo nuestro fuera una posibilidad real, ahora que estaba en Nueva York? Sonrió, pero no me miró. Bajó la vista hacia su copa.

—No ha sido tan fácil entrar, ¿sabes? He tenido que sacar a pasear a Fiona.

—Entonces, ¿ha venido ella esta noche?

Levantó la vista y me clavó sus ojos. Su mirada era puro fuego, y allí estaba ella, Fiona, o Susan, la mujer despreocupada dispuesta a bajar el escudo y entregar las armas. Deseaba besarla y nada podría impedírmelo.

—Susan, ¿puedo hablar un momento contigo? En privado.

Miró a su alrededor, buscando a Becky.

—No estoy segura de si...

—Tu amiga está allí —dije señalando el fondo del local. Edgar estaba con ella y la estaba entreteniendo con alguna de sus historias.

—Vaya, veo que se conocen.

—Ambos cuidaron muy bien de mí el martes en Urgencias.

—Escúchame, Andy. Siento no haberme quedado contigo el otro día. Pero salía de una guardia nocturna bastante larga y tu caso no revestía ninguna gravedad.

Me miró el lado izquierdo de la frente. El punto exacto donde me había golpeado la cabeza al caer de la escalera.

—No me debes explicaciones, Susan. ¿Me acompañas un momento? Te enseñaré mi rincón favorito del restaurante.

—No querría apartarte de tus invitados...

—Por favor. Vamos.

Dejó la copa en una mesa y me acompañó. No aguantaba más sin acariciarla, sin besarla.

Nos perdimos por uno de los pasillos, dejando atrás la cocina principal, donde mis empleados se afanaban en tener todos los aperitivos listos. La verdad, estábamos en un punto de la fiesta en la que yo podría desaparecer tranquilamente y nadie se daría cuenta. Edgar estaba al mando de todo.

Solo necesitaba, más que nada, entender qué estaba sucediendo entre la doctora Connelly y yo, por qué insistía en levantar aquel muro entre nosotros cuando ambos deseábamos derribarlo y volver a fundirnos el uno con el otro.

Una y otra vez. Como esa noche húmeda en Miami.

Entramos en mi despacho. Cerré la puerta, encendí una de las lámparas del rincón. Me encanta la luz tenue y anaranjada. Y me encantaban las sombras que se creaban al caer sobre su cuerpo. Susan se quitó la chaqueta. Hacía calor. Yo también empezaba a tener calor.

CAPÍTULO 5

S USAN

En la boca del lobo. Allí estaba, delante de Andy, en una habitación minúscula y con poca luz de la que no había escapatoria posible. Se acercó despacio. ¿Cuánto iba a tardar en besarme? Ni tres segundos, por supuesto. Me rodeó con sus brazos y me atrajo hacia su cuerpo. Era bastante más alto que yo. Me puse de puntillas para que pudiese acceder mejor a mi cuello; y empezó a acariciarme la espalda en cuanto eché mi larga melena rubia hacia atrás.

No iba a poder detenerme y lo sabía. *Fiona ha vuelto, y tiene demasiadas ganas de repetir*. Eso era todo lo que pensaba. Notaba como cada pliego de mi cuerpo se abría, esperando ansiosamente sus manos. Me desabrochó los pantalones, que cayeron al suelo en décimas de segundo. Yo le quité la camisa. Tenía grabada a fuego su corpulencia. Era lo que más me había llamado la atención de Andy la noche en que nos conocimos. Una espalda grande y unos pectorales de hierro. Me gustaba demasiado. Ni se me pasó por la cabeza resistirme a su abrazo.

—Sabía que te encontraría —me dijo mientras deslizaba sus enormes manos por debajo de mi sujetador blanco de encaje—. No podía ser de otra manera, Susan.

Entreabrí la boca, recibiendo su lengua una vez más. Me bajó la camiseta y me quitó el sujetador, dejando mis pechos expuestos, sin posibilidad de escapar de su húmeda y hambrienta boca.

—Quiero follarte ahí —me dijo, con la voz entrecortada—. Sobre mi mesa. Y eso será solo el principio, Susan. Llevo semanas planeando nuestro inevitable reencuentro.

Me agarró y me levantó en el aire. Me llevó hasta la mesa y separó mis rodillas despacio. Mis braguitas eran la única pieza de ropa que aún estaba en su sitio. La camiseta de seda había quedado enrollada en mi cintura.

—Andy, alguien podría vernos...

De repente, la idea de que nos observasen mientras lo hacíamos me excitó aún más. Pero no había ninguna posibilidad de que alguien nos viese en aquella habitación cerrada, a no ser que entrase sin llamar a la puerta.

Él me leía la mente.

—No te preocupes. Nadie entra en mi despacho sin llamar —dijo.

Andy levantó un momento la vista y la fijó en la puerta, como si internamente dudase de lo que acaba de decir en voz alta. Estaba calibrando si valía la pena correr el riesgo. Acaricié su pecho, que empezaba a estar sudoroso. Después mi mano se movió de forma mecánica hacia su bragueta. No había forma humana de recomponernos y dar marcha atrás.

Puso su mano derecha entre mis piernas. Recordé aquella noche en su habitación, en la segunda planta del Alchemist. Había sido memorable, pero la energía que se desprendía de nosotros en ese segundo encuentro era mil veces superior. Me acarició hasta asegurarse de que estaba completamente empapada. Mientras, yo, como pude, me deshice de sus pantalones y me acerqué al borde de la mesa. Estaba preparada para recibirlo.

Pero en aquel momento Andy se arrodilló ante la mesa, me bajó las braguitas de forma brusca y hundió su lengua entre mis piernas. Me agarró de los muslos y empezó a lamer toda mi intimidad. Sin dejar de hacerlo, levantó la vista y contempló como yo perdía los papeles por completo. Eché el cuello hacia atrás, disfrutando del éxtasis más absoluto.

ANDY

La sentí latir bajo mi lengua. Al menos dos veces. Leves convulsiones que la estaban arrastrando hasta el paraíso. *¿Se encuentra bien, doctora? ¿Está disfrutando lo suficiente? Aún no has visto nada, Susan Connelly.*

Me incorporé en el hueco entre sus piernas y la abracé, concediéndole unos segundos de tregua. Me miró, suplicante.

—Susan...

Solo quería pronunciar su nombre una y otra vez mientras la poseía. En ese momento vi como la pantalla de mi móvil, que había dejado en una esquina de la mesa, se encendía tras recibir un mensaje silencioso. Siempre llevaba el móvil en silencio, en modo vibración. Odiaba que me asaltaran cuando estaba ocupado.

La doctora abrió sus piernas de nuevo, lista para un nuevo asalto.

—Andy...por favor.

Quería más, pero yo necesitaba oírla explícitamente. Quería escuchar de sus labios cuánto me necesitaba en ese instante.

—Pídemelo, mi amor —le ordené. Me sorprendí al escuchar esa palabra de cuatro letras brotando de una manera natural. Me era imposible recordar la última vez que la había pronunciado. Tal vez delante de mi primera y única novia hasta la fecha, Ellie. Estuvimos juntos desde los veintiséis a los treinta. Pero ni siquiera puedo comparar la intensidad de lo que siento por esta mujer esquiva que se empeña en huir después de dármelo todo.

Me hundí en ella, casi sin anticipación, por sorpresa. De su garganta salió una exclamación de puro placer y eso me motivó aún más. La agarré por las nalgas y empecé a follarme a Susan como si no hubiera un mañana. No veía el final de nuestros movimientos. La sola idea de salir de su cuerpo se me hacía insoportable.

—Espera —me dijo —. Espera...un segundo.

Me separó de ella. Se bajó de la mesa y me dio la espalda, inclinándose a continuación.

—Desde atrás, por favor.

Aquello me volvió aún más loco si cabe. Me acomodé de nuevo dentro de su cuerpo, disfrutando al máximo de aquel nuevo ángulo. La abracé y cuando me di cuenta que sus gemidos empezaban a ser más fuertes de lo normal llevé mi mano a su boca.

—Shhhhhh —susurré junto a su oído.

Agarré uno de sus pechos con la mano que me quedaba libre y jugueteé con su pezón. Observé cómo Susan se agarraba con fuerza al borde de la mesa. Me salí de nuevo de ella e hice que se incorporase y me mirase a los ojos mientras tenía un nuevo orgasmo. Su mirada se nubló. Me agarró la polla y empezó a sacudirla, hasta que yo también me corrí en su mano. Ahogué un grito de puro éxtasis en su pelo, junto a su cuello palpitante.

Nunca, jamás, había sentido aquello. No era la primera vez que estaba con aquella mujer. Nadie había hecho que perdiese los papeles de aquella manera, olvidándome de todo cuanto me rodeaba. Susan recuperó enseguida la compostura. Yo seguía inmóvil ante la mesa de mi despacho mientras ella buscaba su ropa interior y recuperaba sus pantalones, regresando poco a poco de un auténtico viaje astral.

Me vestí por inercia, pero mi cuerpo era inmune a la temperatura. Susan estaba demasiado cerca de la puerta. No me gusta que se coloque junto a vías de escape.

—Es mejor que regreses a la fiesta —me dijo, mientras se colocaba su chaqueta oscura sobre los hombros y colocaba sus manos sobre sus mejillas, intentando que recuperasen en vano su color normal—. Tus invitados estarán preguntándose dónde se ha metido el anfitrión.

Recuperé el teléfono abandonado sobre la mesa. Había tres mensajes, pendientes, y los tres de Edgar. En todos ellos me preguntaba dónde me había metido. ¿Acaso había perdido la noción del tiempo?

—Uhmmm. Sí. He de atender algo. Creo que Edgar me está buscando. He de ir a ver qué quiere. ¿Me esperas aquí un momento? Regresaré enseguida. No te muevas, por favor. Será solo un minuto.

Estaba prácticamente sin aliento. Besé su pelo largo y suave y nos despedimos.

Cuando terminé de saludar a la gente importante —según él— por la que Edgar trataba de localizarme, busqué de nuevo a Susan. No estaba. Ni en mi despacho, ni en la sala principal del restaurante. No la vi por ningún sitio. Ni a ella, ni a su amiga Becky.

ELSA TABLAC

Había vuelto a marcharse sin decir nada.

CAPÍTULO 6

SUSAN

Andy me dejó sola en su despacho, desorientada y temblorosa tras nuestro íntimo y volcánico encuentro. No podía volver a la fiesta como si nada, después de lo que acababa de suceder y que me había dejado prácticamente en *shock*. ¿Por qué? Supongo que porque era consciente de que lo que había sentido no tenía nada que ver con nuestro primer encuentro.

Estaba ya completamente vestida, pero mis mejillas encendidas y la melena desordenada, cayendo sobre mis hombros, dejaban pocas dudas de lo que el dueño del nuevo y flamante Kendrick y yo habíamos estado haciendo en aquel cuarto. Sobre aquella mesa. Me llevé las manos a la cara y deslicé la mano derecha hacia mi oreja, que también ardía. Y también noté que faltaba uno de mis pendientes.

Se trataba de un aro plateado no especialmente valioso, pero al que le tenía un cariño especial por el simple hecho de utilizarlo desde que tenía unos dieciocho años. Debía haberse desprendido durante... nuestro pequeño vaivén. Me acerqué de nuevo a la mesa y me senté en el asiento del jefe. Había dejado el bolso sobre una de las sillas de diseño que recalcaban el exquisito gusto decorativo de Andy.

Lo cogí y busqué mi teléfono. Tenía un mensaje de la pobre Becky:

¿Dónde te has metido?

¿Un mensaje? No, en absoluto. Dos mensajes. Enviado cinco minutos después del primero:

Supongo que estás bien entretenida y acompañada. Me muero de hambre. Todo delicioso, pero demasiado minimalista para mi pobre estómago de Nebraska. Salgo a comprar un trozo de pizza en algún sitio. Avísame cuando estés disponible, doctora :)

En resumen, que Becky se había largado, dejándome un poco tirada, pero no podía echárselo en cara, ya que había sido yo la que había desaparecido primero. Guardé el teléfono. Le contestaría en cuanto saliese del restaurante para que me enviase su ubicación. Lo de la pizza no sonaba nada mal y seguro que Andy aún estaría ocupado un buen rato, atendiendo a sus compromisos.

Había tenido que contenerme para no examinar de nuevo su pobre cabeza después de la contusión del otro día, pero recordé que no estaba allí como médico. Me arrodillé en el suelo enmoquetado. ¿Dónde estaba el maldito pendiente? Estaba convencida de que lo llevaba puesto al entrar en el restaurante, de lo contrario Becky me habría avisado.

Me senté de nuevo y eché un vistazo a la mesa. Andy había apartado unos papeles a un lado que antes estaban en el centro. Y allí estaba, sobre ellos mi arito de plata.

No pude. No pude evitar abrir aquella carpeta de papel blanca con el logo de los restaurantes Kendrick. Y ojalá no lo hubiese hecho.

En el primer folio había un calendario impreso con varias fechas. Eran nuevas aperturas; nuevos locales en Portland, Nueva Orleans y Phoenix. La primera de ellas estaba planificada en solo tres semanas. Pero no fue eso lo que hizo que mi ilusión se desmoronase.

Fue el maldito billete de avión. A nombre de Andrew Kendrick. Un vuelo previsto de Nueva York a Portland; para la próxima semana. Me levanté de un salto con el papel entre las manos temblorosas. ¿En qué momento había olvidado que Andy no vivía allí? ¿Que no había ninguna posibilidad de que lo nuestro funcionase porque para empezar, ni siquiera vivía en mi ciudad? ¿Dónde residía la mayor parte del tiempo? Ni siquiera lo sabía con seguridad. Estaba aquí y allá, construyendo su imperio. Su energía estaba exactamente ahí. En sus restaurantes.

Una súbita tristeza me invadió. Tenía que salir de allí de inmediato. Era consciente: sería una segunda huida que él no aceptaría bajo ningún concepto. Pero no vi otra alternativa. Si me marchaba, esta vez de forma definitiva, me ahorraría lo inevitable, que no era otra cosa que enamorarme hasta las trancas de alguien ausente. Alguien que estaría volando hacia alguna ciudad remota constantemente mientras yo hacía guardias en el Presbyterian y pensaba en él.

ANDY

Tres días después

Aquel no era el mejor lunes del mundo, precisamente. Poner en marcha uno de los nuevos restaurantes más interesantes de Manhattan no servía de nada en ese momento para aliviar mi malestar. Por segunda vez Susan se había esfumado como un ladrón de joyas.

En mi despacho, Edgar me miraba sin poder dar crédito a mi historia. No a que ella se hubiese largado y mi única manera de localizarla de nuevo era presentarme en aquella sala de urgencias, cosa que, por supuesto, iba a hacer. Estaba alucinando con mi obcecación (supongo que no se atrevió decir "obsesión"). Para colmo, desde el viernes de la inauguración entrar en aquel despacho era todo un problema. Trabajar sobre aquella mesa era poco menos que imposible. Cada vez que abría el ordenador portátil recordaba que allí mismo habían estado sus nalgas enrojecidas. Era una tortura.

—¿Y no pensaste en...no sé...pedirle su número de teléfono? —me preguntó Edgar, sentado al otro lado de la mesa y con una copa de vino en la mano. Nos habían llegado nuevas botellas sobre las que debíamos tomar una decisión; acerca de si las incluíamos o no en la carta.

Me miró con un deje de condescendencia. Me tapé la cara. Aquello resultaba engorroso. Era un hombre adulto agobiado porque una mujer no se comporta como yo hubiese esperado, como tantas antes de ella hacían, que no era otra cosa que estar disponible.

—Es que no me dio tiempo. ¿Cómo iba a imaginarme que volvería a largarse?

—¿Y no sabes dónde vive? No creo que accidentarse de nuevo para que ella te atienda en su sala de urgencias sea lo más práctico...

Me encogí de hombros. No era capaz de pensar una alternativa creativa en ese momento.

—No sé nada. Y tengo muy claro que en el Presbyterian no van a ayudarme a localizarla.

—Puedes esperar en la puerta a que termine su turno. O puedes contactar con ella mediante su amiga, la doctora aprendiza.

—No actúes como si no supieras su nombre —le dije—. Te vi tontear con ella en la fiesta.

Edgar se rio.

—Soy un hombre casado, Andy. Solo estaba atendiendo a una chica joven, sola y desvalida, cuya acompañante había desaparecido para...¿Dónde os metisteis tanto rato?

Suspiré. *No me lo recuerdes.*

—No fue tanto rato. Solo estuvimos charlando.

—Ya.

Miré la mesa desordenada. Eran las diez de la mañana y aún no había empezado a trabajar. Tenía que retocar las cartas de vinos, hablar con el personal de cocina y averiguar cómo iba la contratación del nuevo director del Kendrick Portland.

Fue entonces cuando algo me llamó la atención. Sobre el archivo de nuevas aperturas, el mismo que había dejado sobre mi mesa el viernes, estaba el billete de avión a Portland que había impreso ese mismo día. Era un viaje exprés, regresaría a Nueva York el día siguiente. Pero juraría que lo había dejado dentro de la carpeta, no fuera.

—Edgar. Una cosa, ¿tú has entrado en algún momento en mi despacho? Quiero decir, después de la inauguración y antes de hoy.

—No, ¿por qué?

—Es solo que... este papel no estaba aquí. Estaba guardado.

—¿Qué es?

—Es mi billete de avión.

¿Podía ser que... Susan lo hubiese visto y pensado que me marchaba de nuevo de la ciudad?

Consulté mis sospechas con Edgar. Se encogió de hombros.

—Ni idea, jefe. La mente femenina para mí es un misterio. Tal vez lo vio y pensó que no ibas a quedarte en Nueva York. Lo cual es cierto, ¿no?

—¿Sabes lo que pienso, Edgar?

—Sorpréndeme.

—Que llevo ocho años dando tumbos por todo el país, y que tal vez, solo tal vez, sea el momento de establecerse en un sitio fijo de una vez por todas...

—¿Quieres decir que...?

—Quiero decir que la doctora Susan Connelly es un motivo excelente para quedarse en Nueva York.

Edgar sonrió.

—No me cabe la menor duda.

—¿Seguimos con esos vinos? Hemos de probar seis nuevas opciones.

—¡Qué vida más dura!

En ese momento uno de los camareros llamó a la puerta.

—Andy, la lámpara de araña está dando problemas de nuevo.

—¿Es urgente? —pregunté.

—No lo será hasta la noche, cuando haya que encenderla.

—Está bien. Echaré un vistazo en cuanto resolvamos el asunto de los vinos.

CAPÍTULO 7

S USAN

Había pasado una semana desde mi última guardia — una de las más memorables que recuerdo, por cierto, gracias a ese paciente de última hora— y sentía que había regresado a la casilla de salida, que mi plan de huir constantemente de la vida de Andy Kendrick había salido como el culo.

Así, tal cual. Sin paños calientes. No conseguía sacármelo de la cabeza. Esa era la cruda realidad. Debía imaginar que las cosas no iban a ser tan fáciles porque ya tenía experiencia con el asunto. Pero también sabía que debía ser paciente. Solo habían pasado tres días desde lo de su despacho.

"Lo de su despacho". Así era como me refería en mi mente a lo sucedido, a como se repetía en mi mente una y otra vez la secuencia de los hechos. Solo pensar en aquella escenita me ponía de nuevo atómica. Tenía serias tentaciones de volver al restaurante, de hablar con él y de admitir que no. Que para mí no había sido solo una aventura.

El fin de semana fue horrible. Lo pasé sola, en casa, explicándome a mí misma una y otra vez por qué era una mala idea enredarme en aquella historia. Primero, porque estaba traicionando algo que ya estaba decidido: que había sido un lío pasajero y que no pensaba romper una de mis normas básicas personales. Nada de historias con hombres que no viven en Nueva York. No se me da bien la distancia. Pero el maldito Andy

Kendrick, sin ni siquiera estar presente, no me lo estaba poniendo nada fácil.

Sabía también, o más bien mi lado científico sabía, que aquel cóctel explosivo de emociones se debía en buena parte a las hormonas desubicadas después del sexo increíble. Está bien. Puede pasar. Solo has de ser consciente de que un orgasmo memorable puede hacer que te puede descolocar y hacer que quieras acurrucarte todo el fin de semana bajo una manta y alimentarte de helado de chocolate bañado en sirope de arce.

—¿Todo bien?

Becky entró en la sala del personal y se dirigió a la máquina de café. Faltaban tres horas para terminar nuestra guardia, que ese día se prolongaría hasta las doce del mediodía. Aún estaba un poco molesta porque no había ido a comer pizza con ella. Lo notaba. Pero entendió, a pesar de no saber exactamente qué había pasado entre Andy y yo, que no estaba en mis cabales.

Me encogí de hombros. Yo no era de las que decía que todo está bien cuando claramente no lo está.

—Sigo dándole vueltas al asunto. Con la horrible sensación de haber metido la pata. Otra vez.

Durante nuestro tercer café le había mencionado el asunto del vuelo a Portland sin entrar en demasiados detalles. Becky era lo suficientemente lista como para no preguntar.

Sacó un segundo café de la máquina y me lo trajo al sofá.

—No pienses que te has equivocado y que no tiene solución, Susan. Esta vez no. Habla con él. Has dicho varias veces que solo ha sido una aventura. Pues bien, a mí no me lo parece.

—Apenas lo conozco.

—No importa. Yo he estado ahí. Delante de vosotros. He visto cómo te mira. Y lo del vuelo, sinceramente... Son pequeños contratiempos que solucionaréis. Estoy convencida.

No sé si era porque necesitaba aferrarme a un pequeño hilo de esperanza, pero no hizo falta que Becky me dijese nada más para convencerme de que debía ir a buscar a Andy y disculparme por haber desaparecido por segunda vez. Si es que aceptaba verme.

Le apreté la mano. Nueva York había ganado una gran doctora, y yo, confiaba, una excelente amiga.

Iba a responderle que sí, que tenía razón y que no podía tirar la toalla y dar así la espalda a mis sentimientos cuando el altavoz de la sala común nos interrumpió.

Doctora Sullivan, acuda a la sala de urgencias. Box número ocho. Repito. Doctora Sullivan, box número ocho.

ANDY

Abrí primero un ojo. Después el otro. No podía creerme mi maldita suerte. Buena o mala, según se mire. Para mí, a pesar de mi maltrecha cabeza, había regresado otra vez al séptimo cielo. Allí estaba de nuevo la doctora Connelly, mirándome con el semblante serio. Traté de incorporarme en la camilla, pero me detuvo, obligándome a que me recostara enseguida. Después deslizó una cortina para aislarnos del resto de la gigantesca sala de urgencias del Presbyterian.

—No te muevas, por favor —me dijo—. No me lo puedo creer.

En ese momento sentí una punzada de dolor en el lado derecho de la cabeza que, estaba vez sí, estaba vendado. Fui consciente de que aquel nuevo golpe revestía más gravedad. Entonces me di cuenta de que ella me había cogido la mano. No la soltaba.

—Susan, ¿qué ha sucedido? No recuerdo nada.

Una tímida sonrisa se asomó a sus labios.

—Recuerdas mi nombre. No debes encontrarte tan mal, entonces.

—¿Cómo iba a olvidarlo?

Se acercó un poco más. Sus ojos brillaban, y tenían el poso que dejan las lágrimas al desaparecer.

—Te caíste de nuevo –dijo—. Desde lo alto de la escalera. Esta vez el golpe ha sido un poco más fuerte y has estado inconsciente casi cuatro horas. Hemos tenido que sedarte para hacerte unas pruebas y descartar lesiones importantes.

—¿La escalera? Oh, dios...

Empezaba a recordar.

—¿Cómo puede alguien tener el mismo accidente dos veces? Nunca había escuchado cosa igual, Kendrick.

Me estaba regañando y aún así era como una auténtica melodía para mis oídos.

—Fui un idiota. Primero por creerme electricista y querer solucionar en persona hasta el más mínimo de los problemas. Y segundo por haber bebido varias copas de vino en ayunas. Creo que eso hizo que tropezase y...

—¿Vino? ¿A las nueve de la mañana?

—Degustando, más bien. Es parte de mi trabajo. Decidir qué vinos entran en nuestra carta y cuáles quedan fuera...

TODO POR UNA AVENTURA

Nos quedamos en silencio. Nuestros dedos se enredaron aún más. Y entonces pensé que todos los accidentes del mundo valían la pena si eso significaba que no íbamos a volver a separarnos. Que Susan ya no saldría huyendo nunca más.

Me aventuré a decírselo, a pesar del dolor.

—Supongo que esta era la única forma de volverte a ver.

Sus mejillas se enrojecieron de manera súbita.

—No digas eso. Andy, siento mucho haber desaparecido el viernes. Es solo que me cuesta admitir que...

Le apreté la mano. Necesitaba oír la auténtica voz del corazón de la doctora.

—...Vi el vuelo a Portland. Sobre tu mesa. Y recordé que estás aquí por trabajo, y que...

Me incorporé en la camilla y cogí su rostro entre mis manos.

—No voy a ir a ningún sitio, Susan.

—Por supuesto que no. No tienes mi permiso médico para viajar hasta que estemos seguros de que esa cabeza tuya...

—Me refiero a que he decidido quedarme en Nueva York. De forma permanente.

De repente enmudeció. Me daba igual que llevase una bata puesta y que siguiese de guardia por mi culpa. La besé, aprovechando la intimidad que nos ofrecían las cortinas del box de urgencias. ¿Se puede estar excitado, dolorido y medio amnésico al mismo tiempo? Ese día comprobé que sí.

Me sonrió y sentí que todo estaba bien entre nosotros. Que teníamos el camino despejado y todo el tiempo del mundo para pasarlo juntos.

—He de ir a buscar a Becky y a rellenar unos papeles —me dijo.

Abrió la cortina y en ese instante la agarré de la bata, atrayéndola de nuevo hacia mí.

—Muy bien, doctora. Pero, ¿no creerá que esta vez voy a dejar que se escape sin dejarme su número de teléfono, verdad?

Susan se rio. Me besó de nuevo y algo dentro de mí explotó de felicidad. Esta vez sí teníamos algo de público, pero todo cuanto nos rodeaba en aquel hospital era invisible para nosotros.

CONTENIDO EXTRA

A continuación puedes leer los primeros capítulos de mi novela

CINCO VERANOS HASTA ENCONTRARTE

CAPÍTULO 1

El graznido de las gaviotas por la mañana, irrumpiendo en la ciudad. Era uno de los sonidos que más solía echar de menos y, en cuanto lo reconoció, Miranda fue consciente de que estaba de nuevo en casa. Algo nerviosa, pero feliz. Una vez más. Había regresado a Barcelona. Y esta vez, para quedarse definitivamente. O, al menos, sin planes de volver a marcharse a la vista.

Se recostó en la silla metálica de la terraza del bar, levantó el rostro hacia el cielo y cerró los ojos, disfrutando del calor sobre sus párpados. Era una de las mejores sensaciones del mundo, pero quienes viven junto al Mediterráneo todo el tiempo no la apreciaban tanto como ella. Miranda llevaba cinco años alejada de aquella luz mágica.

Notó como una servilleta arrugada en forma de bolita aterrizaba sobre su nariz, propulsada por la impertinente mano de su querida amiga Ruth.

—Eres como un lagarto, tía. No solo te conviertes en una estatua ronroneante en cuanto te toca un triste rayo de sol, sino que, encima, no haces caso a nadie. Llevo unos minutos hablándote y dudo que te hayas enterado de algo de lo que he dicho.

Miranda entreabrió los ojos y metió la mano en el bolso en busca de sus gafas de sol.

—Si hubieras estado cumpliendo condena durante cinco años en la gélida Escandinavia harías exactamente lo mismo que yo: tomar el sol a la mínima oportunidad.

Ruth soltó una carcajada.

—¡Cumpliendo condena! ¡Pero qué valor tienes! Querrás decir cobrando un sueldazo por trabajar seis horas al día y vivir rodeada de vikingos superguapos, limpios y educados todo el tiempo. La verdad: aún no entiendo cómo se te ha ocurrido volver...Bueno, supongo que sí tengo una idea...

Miranda volvió a cerrar los párpados, a pesar de que en su campo de visión apareció el camarero con la segunda ronda de vermuts matutinos. Se llevó el dedo índice a los labios, invocando el silencio de su amiga. Ya intuía lo que le iba a decir y a quién iba a mencionar y no era un tema del que le apeteciese hablar en ese momento de sol y paz.

HACÍA SOLO UNOS DÍAS que Miranda había regresado de Oslo, donde se había marchado a trabajar hacía cinco años, y era la primera vez en muchos meses que veía a Ruth. Pero parecía que habían pasado apenas unos días, y siempre era así. Eran amigas desde la época del instituto y a pesar de que Ruth le había llevado la delantera en eso de marcharse a recorrer el mundo siempre habían logrado verse al menos un par de veces al año. Volviendo a casa por Navidad, visitándose en sus respectivos países de acogida (Miranda en Noruega y Ruth en Estados Unidos), o permitiéndose el lujo de hacer algunos viajes caribeños juntas.

Saboreó el vermut que el camarero les dejó en la mesa. Aquello no tenía precio. Ni todos los sueldazos del mundo podían compararse con el gozo de disfrutar del sol del Mediterráneo en una terraza, viendo pasar a la gente. Se llevó una aceituna a la boca y se reclinó de nuevo en la silla. Una de las ventajas de una larga relación de amistad es que los silencios pueden compartirse y disfrutarse, y eso era una de las cosas que más apreciaba de Ruth. Su amiga no necesitaba llenar de palabras todos y cada uno de los momentos que compartían. En aquella soleada terraza, ya puestas al día de sus respectivas novedades, ambas se sumergieron en sus pensamientos.

TENÍA VEINTIOCHO AÑOS cuando metió todas sus pertenencias en una enorme maleta Samsonite de color verde y se compró un billete de avión a Oslo. Solo ida. Era una buena oportunidad laboral y no quiso desaprovecharla. Miranda empezaría a trabajar en el departamento de marketing de la cadena de hoteles Nordisk, cuya sede estaba en la capital noruega. Las condiciones eran excelentes y por el momento no necesitaría dominar la lengua autóctona, aunque la impecable chica de Recursos Humanos que la entrevistó le sugirió amablemente que empezara a tomar clases de noruego nada más llegar. Pero eso no era ningún problema para Miranda, al contrario. Siempre le había encantado estudiar idiomas, y ese precisamente era uno de los motivos por los que había escogido trabajar en el sector turístico.

Corría el año 2013 y la crisis económica arreciaba con fuerza. Tras dos despidos por recorte de personal en un solo año, Miranda había decidido seguir los pasos de Ruth —y tanta otra gente, conocidos de ambas—, y marcharse fuera del país a probar suerte, aprender idiomas y ampliar su currículum.

La aventura nórdica le había salido estupendamente, pero al contrario que mucha otra gente que abandonó el país y no tenía perspectivas de regresar, ella siempre había sido consciente de que España era una potencia turística de primer orden y siempre encontraría buenas oportunidades si algún día decidía regresar. Así que había aprovechado esos cinco años en Noruega para absorber todo cuanto acontecía a su alrededor como una esponja, mejorar muchísimo su inglés, tener un nivel bastante aceptable de noruego y aprender a disfrutar de su tiempo en casa.

SOLO DURANTE LOS DOS años que estuvo con Magnus había dudado seriamente sobre su firme idea de volver algún día. Era el hombre por el que muchas mujeres suspirarían. Tranquilo, inteligente, con un desarrollado instinto protector, seis años mayor que ella y muy orientado a formar una familia. Era científico y se dedicaba a investigar en la Universidad de Oslo. La adoraba y, a pesar de que se habían conocido cuando Miranda ya llevaba más de un año viviendo allí, él fue uno de los motivos por los que había logrado aclimatarse tan rápido.

Y sin embargo un día, hacía exactamente once meses, se dio cuenta de que toda aquella seguridad que Magnus le ofrecía, aquel amor tranquilo y sosegado, carecía del cimiento básico que ella anhelaba en aquel momento: la pasión. Ya hacía un tiempo que vivían juntos y, una mañana, mientras desayunaba, un pensamiento inquietante acudió a su mente. Miranda no recordaba la última vez que habían hecho el amor. De la impresión, se había levantado de la mesa con brusquedad, derramando parte del café sobre su blusa. ¿Hacía tres semanas? ¿Cinco? No lo sabía.

Ambos eran ávidos lectores. Para su último cumpleaños, Magnus la había sorprendido con un regalo que para mucha gente podría resultar algo absurdo, pero que a ella le había hecho una tremenda ilusión. Una noche, al entrar en el dormitorio, observó una luz más tenue de lo normal. Más tenue y más concentrada. Magnus había instalado dos preciosas minilámparas sobre el cabecero de la cama. Tenían un largo brazo articulado que podía manipularse para dirigir el foco de luz hacia donde quisiera.

Ese había sido su regalo en su treinta y dos cumpleaños. Dos lámparas perfectas para leer antes de dormir. Y desde el momento en que aquellos dos puntos de luz entraron en sus vidas, el sexo fue desapareciendo progresivamente. Increíble pero cierto. Cuando se lo contó a Ruth, más que nada para conocer su cabal opinión, su amiga alucinó.

—Miranda, ¿eres consciente de que la instalación de las lámparas no tiene nada que ver con el hecho de que ya no folléis, verdad? Yo de ti buscaría el motivo en otro lugar.

Ese había sido el principio del fin de Magnus y ella. Las lámparas. La separación se produjo de una manera tan tranquila y civilizada como lo había sido el inicio de su historia.

Y SIN EMBARGO TODO aquel asunto de las lámparas y su posterior iluminación —nunca mejor dicho— no tenía demasiado que ver con su decisión de abandonar Noruega. De hecho permaneció en el país durante ocho meses más después de sacar sus (pocas) pertenencias del apartamento de Magnus e instalarse en el de una compañera de trabajo que se marchaba un año a Berlín.

Tampoco fue la atmósfera fría y gris, tan cercana al Círculo Polar lo que la expulsó de allí.

Ni la más obvia: el nuevo trabajo que había encontrado en una cadena hotelera de Barcelona y al que se incorporaría en septiembre, por lo que tenía todo el verano libre, por primera vez desde que era estudiante.

El motivo semisecreto por el que Miranda había regresado a Barcelona era porque se acercaba la fecha pactada: el 23 de junio de 2019. La madrugada de San Juan. Una fecha que nunca tuvo que apuntar, ya que jamás se había desprendido de su memoria. El momento en que Isaac y ella debían reencontrarse en el rompeolas, después de romper y tomar caminos distintos en sus vidas.

Hagamos una cosa: pase lo que pase, encontrémonos aquí, en el rompeolas, dentro de cinco años. En la noche de San Juan de 2019. Cuando esté a punto de amanecer. Yo estaré aquí. Espero que tú también.

Isaac había pronunciado esas palabras al tiempo que hacía un esfuerzo titánico por no derramar ni una de las lágrimas que estaban dotando a sus ojos oscuros de un brillo triste y sobrecogedor. Él entendía su necesidad de marcharse, de probar suerte en otro país, de seguir desarrollando su carrera profesional. No entendía por qué ella ni se planteaba siquiera la posibilidad no ya de que él la acompañara, si no que ni siquiera tuviera la voluntad de intentarlo a distancia, aunque ese tipo de relaciones acabasen muriendo entre los respectivos trayectos de avión.

Miranda guardaba un lugar muy especial en su corazón para Isaac. Habían estado juntos algo más de cinco años, desde que ambos habían terminado sus estudios. Esos maravillosos años formativos en los que se brega con los primeros trabajos, la independencia de los padres, el deseo de exprimir hasta la última gota de la vida, de día y de noche. Una de esas relaciones mágicas y férreas que nunca había mostrado un solo signo de debilidad. Ni una fisura. Ni una grieta.

Y, a pesar de ser consciente del dolor ciego y sordo que le causó al abandonarlo, Miranda antepuso su necesidad de experiencias, de oxígeno y de ver mundo. Aquella noche de San Juan de hacía cinco años, mientras en la playa se extinguían las últimas hogueras y los equipos de limpieza ya se alineaban junto a la arena para eliminar de ella todo rastro humano, le dijo a Isaac que su historia, tan incontestable y tan firme, se había terminado.

La reacción de él, dolida pero serena, le sorprendió. Isaac aceptó su decisión en silencio. Escuchó sus motivos. Razonados y meditados. Los entendió perfectamente. Al fin y al cabo, él estaba en una situación parecida. En aquel momento su camino tampoco estaba en aquel sitio. Y, siendo realistas, tampoco lo encontraría en las tierras gélidas del norte de Europa. Solo le pidió eso. Encontrarse en el mismo sitio, a la misma hora.

Dentro de cinco veranos.

CAPÍTULO 2

El hecho de que Miranda e Isaac ya no fueran "Miranda e Isaac" causó un inevitable terremoto en su círculo social más inmediato. Eran la típica pareja inquebrantable. Esa que nunca te imaginas por separado, a pesar de que cada uno de ellos mantenía una saludable individualidad. Miranda siempre liada con sus clases de idiomas y su interés, casi más allá de lo profesional, por el turismo y la gestión hotelera. Isaac obsesionado con la música, todo un profesional de conservatorio que se ganaba la vida —de forma un poco renqueante e inestable, todo hay que decirlo— como profesor de jazz y saxofonista.

Y sin embargo, cuando estaban juntos, eran el equipo perfecto, un núcleo resistente que aguantaba el paso de los años mientras el resto de parejas a su alrededor se iba deshaciendo, agotando su ciclo natural. Hasta que, de manera inesperada les llegó su turno, de madrugada, en la noche de las hogueras. Junto al mar. Ninguno de sus amigos creyó que aquello iba en serio hasta que Miranda se marchó a Noruega e Isaac se encerró en casa durante varios meses, intentando decidir qué haría con su vida después de aquella debacle.

—VAS A IR, ¿VERDAD? —le preguntó su amiga.

—¿Qué?

—Al rompeolas. En la noche de San Juan. A encontrarte con él —aclaró Ruth de forma mecánica. Era casi indignante que su amiga la hiciera especificar a qué se refería. La mayoría de las veces su comunicación casi telepática era suficiente para saber a qué se referían.

Miranda se puso recta en la silla. A veces Ruth le daba miedo. Tenía la sensación de que podía leerle el pensamiento. ¿Tanto se notaba que estaba pensando en él en ese preciso instante?

—No estoy segura de que eso sea una buena idea.

—¿Pero no decías que es un tema que tienes totalmente superado? Ha pasado mucho tiempo...

—¿En serio crees que él va a acordarse siquiera de lo que dijo en un momento de enajenación? ¿Qué va a estar ahí esperando a las cinco de la mañana con un ramo de flores?

Ruth se rio.

—Eso sería totalmente ridículo. Pero tal vez deberíamos averiguar de alguna manera si él piensa presentarse.

—Ah, ¿sí? ¿Averiguar? ¿Y como piensas averiguarlo? Ni siquiera sabemos si vive en esta ciudad.

—Yo tampoco vivo en ella y aquí estoy, ¿sabes? De vacaciones. La gente viene de visita, a ver a la familia y esas cosas...Y no creo que sea descabellado hacer coincidir una de esas visitas con...ya sabes...vuestra cita del futuro.

"LA CITA DEL FUTURO". Así lo llamaba Ruth. Ella era la única persona a quien se lo había contado, y a veces se arrepentía de haberle dicho nada. ¡Vaya si se arrepentía! Esa fecha acordada, veintitrés de junio de 2019, nunca se había borrado de su memoria y en cierto modo, los últimos meses habían supuesto una cuenta atrás. Durante años había pensado que su ruptura con Isaac estaba cien por cien superada, pero solo fue en el momento en que se separó de Magnus y empezó a sopesar la idea de volver a España cuando se dio cuenta de lo poco que quedaba para esa noche de San Juan.

No habían seguido en contacto. La última vez que había hablado con Isaac había sido un año después de separarse, más o menos. Intercambiaron un par de emails cuando Miranda se enteró de que el padre de él había fallecido de un infarto de forma repentina. Intentó llamarlo, pero al parecer había cambiado de número. Así que inevitablemente optó por un correo electrónico. Isaac usaba algunas redes sociales de forma muy esporádica y solo si las necesitaba para algo relacionado con su profesión de músico, así que contactarle vía Facebook en ese caso no le pareció lo más apropiado.

Él le contestó en ese mismo día, y por el tono de su mensaje parecía sinceramente contento de tener noticias suyas, a pesar de las amargas circunstancias. Intercambiaron dos o tres emails durante aquella semana y, después, el silencio absoluto hasta el momento presente.

Pasaron dos años y pico más hasta que, un día, encerrada en su apartamento noruego, rodeada de oscuridad y nieve polar, Miranda cogió su ordenador y decidió investigar qué había sido de su antiguo amor de la veintena. Tras dos horas de ardua búsqueda en Google, consiguió hallar la pista de Isaac y sus circunstancias actuales. Se alegró mucho al enterarse de que había logrado su sueño de convertirse en saxofonista profesional de jazz. Encontró algunos vídeos en Youtube y se estremeció al comprobar que seguía tan atractivo como siempre y, a todas luces, curado de la profunda herida que ella misma le causó.

Isaac había estado girando por el mundo. Había pasado de tocar en pequeñas reuniones de amigos, eventos corporativos y bodas con su banda a estar en algunos de los clubes de jazz más importantes del mundo. Echó un vistazo a su página web y al listado de conciertos que habían hecho en los últimos años. Nueva York, París, Londres, Berlín, San Francisco, Montreal, Nueva Orleans...Había viajado con su saxo y sus compañeros por los cinco continentes.

Algo se le quebró por dentro cuando vio que también había pasado por Oslo, la ciudad donde ella vivía. Hacía tan solo cinco meses. Ni se había enterado, a pesar de que Miranda era de esas personas que miraba los carteles de conciertos que colgaban de postes y marquesinas por las calles. ¿Habría ido a verlo? Probablemente no, por el hecho de que no sabría cómo iba a responder emocionalmente a ese encuentro. Pero la capital noruega era casi un pueblo. El centro era pequeñísimo, podría habérselo encontrado en cualquier cafetería, en cualquier esquina, haciendo equilibrios sobre las aceras heladas para no caerse de bruces.

Y también había respirado aliviada porque cada cierto tiempo se acordaba de esa "cita del futuro", de esa noche de San Juan de 2019 en la que supuestamente tendrían que encontrarse junto al espigón. En todos esos años nunca había podido decidir si acudiría o no a la cita, pero quería pensar que sí, que allí estaría, y que encontrarse de manera fortuita antes de esa noche supondría arruinar cualquier posibilidad de magia.

MIRANDA Y RUTH TERMINARON sus respectivos vermuts y entraron al bar a pagar. Les apetecía ir un poco de tiendas y dar una vuelta por el centro. Tal vez caminar hasta la playa y seguir tomando el sol de principios de junio que tanto habían echado en falta.

—Aún no me has dicho hasta cuándo te quedas —dijo Miranda.

—Unas tres semanas, hasta el día veinticinco.

—Guau. Entonces, ¿definitivamente cambias de trabajo? ¿Ya es seguro?

—Sí. He aceptado. Cambio de agencia. Bueno, sigo trabajando por mi cuenta, pero mi principal cliente a partir de ahora será Blackfish.

Ruth vivía en Brooklyn, Nueva York, desde hacía unos seis años. Era una reputada diseñadora gráfica y ya había empezado a despuntar incluso cuando aún estaba estudiando. Ganó varios premios de diseño y enseguida se la disputaron varias agencias de publicidad. Finalmente, decidió establecerse como *freelance* y empezó a ganar clientes. Uno de ellos fue un museo neoyorkino. Así que, después de varios viajes al otro lado del charco, Ruth decidió liarle la manta a la cabeza y probar suerte en la ciudad de los rascacielos. No fue fácil, durante los primeros dos años pasó bastantes penurias y tuvo que vivir en auténticos zulos hasta que consiguió la preciada Green Card, para poder quedarse allí de forma permanente.

Todo iba mucho mejor desde hacía un tiempo pero, aunque no lo había confesado abiertamente, Miranda tenía la sensación de que su amiga, en el fondo, deseaba regresar a Barcelona. Y sobre todo desde que ella le había comunicado su decisión de volver.

La vida amorosa de Ruth también se había desmoronado hacía poco más de un año. A Miranda le había costado horrores averiguar qué había sucedido con Michael, su maravilloso novio de Wisconsin, que había dejado el Midwest para mudarse con ella a Nueva York. En una de sus escapadas a Nueva York Ruth le había confesado que había sido infiel a Michael y que este se había enterado. No podía reprocharle absolutamente nada, más que aceptar su decisión y aprender de su error. Ruth se lo contó una noche en la terraza de un hotel en Manhattan, donde habían subido para tomar una copa y disfrutar de las vistas. Allí, entre lágrimas y algo más afectada de lo que había parecido por teléfono, entró en algo más de detalles, gracias en gran medida a la cantidad de margaritas que se habían metido entre pecho y espalda.

A pesar de que se contaban absolutamente todo desde que tenían dieciséis años, Miranda nunca había conseguido que Ruth le revelara los detalles de aquel desliz, y en parte la entendía. Su amiga se sentía avergonzada, y en otra ocasión le confesó que tenía la sensación de haberla cagado sin remedio. Que Michael era alguien importante y que lo había expulsado sin posibilidad alguna de recuperarlo. Y lo entendía a la perfección.

No quiso decirle quién había sido aquel misterioso hombre que había hecho que todo saltara por los aires. No le dio ningún dato sobre él. ¿Era americano? ¿Vivía en la ciudad? ¿Aquel romance de fin de semana había tenido algún tipo de continuación? ¿Habían seguido en contacto después de ese día? Ruth se había cerrado en banda. Nunca quiso hablar más de lo sucedido. Al principio soltaba una risa nerviosa y cambiaba de tema. Con el paso de los meses simplemente torcía el gesto y enmudecía. Era curioso, pero desde su abrupta separación de Michael y aquel misterioso *affaire* no había vuelto a mencionar a ningún otro chico con el que potencialmente pudiera pasar algo, y eso que vivía en Nueva York, la ciudad por excelencia de los solteros.

CAMINARON HASTA EL barrio del Born y visitaron algunas tiendas de moda de diseñadores independientes. Miranda se probó un par de vestidos, y aunque ambos le sentaban fenomenal, no compró ninguno. No se lo había dicho a Ruth porque aún no había tomado ninguna decisión definitiva, pero era obvio que estaba buscando algún modelito para ese posible encuentro con Isaac.

Salió de uno de los probadores con una bonita pieza de color aguamarina.

—Ese —dijo Ruth—. Tienes que quedártelo.

Paseó un poco por la tienda, bajo las miradas de aprobación de su amiga y de la dependienta. Aquel color hacía que su melena de color castaño claro destacase aún más.

—No sé si me convence. Creo que lo pensaré un poco.

Había echado un vistazo al precio en la etiqueta, y aunque desde que había regresado de Noruega todo le parecía barato, aquello estaba un poco fuera de su presupuesto. Pero la realidad era que, aunque ya tenía un contrato de trabajo y todo el verano por delante para desconectar de su vida anterior en el norte, no le convenía ponerse a gastar como una loca. Especialmente en vestidos de más de doscientos euros. Observó la sonrisa irónica de Ruth y decidió que, si seguía pensando en él, volvería a buscarlo otro día, a solas. Aún faltaban unas semanas para la noche de San Juan y, quién sabe, tal vez encontraría un vestido mucho más bonito en otro momento.

Se despidieron de la dependienta con una gran sonrisa y ambas pasearon hacia la luz y el olor que despedían las olas del Mediterráneo. Qué bien les estaba sentando volver a casa.

CAPÍTULO 3

Miranda estaba alucinada con el nuevo aspecto de Raquel, la antigua novia (o más bien novia "esporádica") de Roque, uno de los chicos del grupo de amigos que frecuentaba antes de marcharse a vivir a Noruega. El día y la noche. La había citado en una cafetería de la Vía Laietana para enseñarle un pequeño estudio cerca de la catedral y, de paso, actualizarse un poco. Raquel trabajaba en una agencia inmobiliaria y por algún motivo, habían seguido en contacto muchos años después de que Roque la dejase por una camarera del Sterling.

Pero nada que ver. La chica que tenía delante no se asemejaba en nada al duendecillo rubio con rastas y *piercings* que Roque acostumbraba a rondar un par de veces al mes. La pequeña Raquel se había convertido, seis años después, en el clon de una ejecutiva agresiva capaz de convencer a cualquiera de que había entrado en la casa de sus sueños.

Su melena se había oscurecido y alisado, no había ni un aro de metal en su rostro —aunque sí quedaban algunos agujeritos cerrados aquí y allá—, y vestía un imponente (y carísimo), traje con americana.

Raquel había sido la primera persona en la que había pensado cuando decidió que lo de quedarse en casa de sus padres a su regreso sería cien por cien temporal. Necesitaba tener su propio espacio, aunque fuera enano. Ya se ocuparía ella de adecentarlo y convertirlo en un sitio bonito y habitable.

Además de los problemas para los que estaba preparada mentalmente, los precios desorbitados y la escasez de pisos propios de una ciudad tan turística, había que tener en cuenta que Miranda no empezaba a trabajar hasta dentro de tres meses, por lo que aún no contaba con ninguna nómina que pudiera aportar en su proceso de búsqueda de piso. Lo bueno era que tampoco tenía demasiada prisa. Había traído muy poquitas cosas de Noruega. De hecho se había desprendido allí de todos sus muebles y solo había regresado con tres maletas, dos de ropa que aquí jamás se pondría y una llena con sus libros favoritos.

Había enviado un email a Raquel sin demasiadas esperanzas, ya que la agencia para la que trabajaba gestionaba sobre todo pisos de alto *standing*, bastante lejos de su presupuesto. Sin embargo hubo suerte y la agente localizó enseguida un bonito estudio que no estaba nada mal de precio y que podría enseñarle sin problema. Aún no había salido al mercado, por lo que no tendría competir con doscientos posibles inquilinos.

HABÍAN QUEDADO PARA desayunar en una cafetería *hípster* de las muchas que habían proliferado por la ciudad en los últimos años, decorada con tablones de madera y provista de un buen surtido de zumos verdes y tartas caseras. Raquel la había citado allí porque estaba muy cerca del estudio que iba a enseñarle, así que Miranda aprovechó para llegar un rato antes y dar una vuelta por la zona. Sin duda, y aunque era bastante céntrico, el barrio era de su gusto. La chica le había prometido que estaba en una calle tranquila entre la catedral y la Vía Laietana y que no tendría que lidiar con hordas de turistas para llegar a casa en el caso de que el sitio le gustase. El dueño del estudio se marchaba en dos meses a vivir al País Vasco por motivos familiares y le urgía alquilarlo. Y algo en la voz de Raquel, por teléfono, le decía que ella también necesitaba sacárselo pronto de encima. Así que tal vez estaba ante una buena oportunidad.

—Podemos desayunar con la calma —le dijo mientras clavaba la cuchara en un trozo de tarta de zanahoria—. No tengo más visitas hasta la tarde. Solo tengo que hacer algo de papeleo en la oficina, pero dudo que me lleve más de media hora. ¿Cuánto hacía que no nos veíamos? ¿Desde aquella vez en Oslo?

Miranda asintió y reflexionó durante unos segundos. Había sido muy gracioso encontrarse a Raquel hacía unos años de forma inesperada. A pesar de ser una ciudad mucho más pequeña, la capital noruega no es París o Berlín. No es un sitio donde la gente vaya hacer turismo. Pero Raquel había visitado Noruega para recorrer los Fiordos y pasó por la capital, donde se quedó un par de días con su madre y una de sus tías.

—¿Hace unos dos años? —preguntó Miranda.

—Sí. Estuvo bien.

Desde aquel encuentro fortuito habían mantenido un contacto más o menos esporádico a través de *whatsapp* y alguna que otra red social. Miranda le había dado algunos buenos consejos sobre dónde comer en Oslo sin tener que dejarse un riñón —algo bastante complicado, la verdad—, y habían aprovechado para tomar un café.

—Entonces, ¿tu idea es quedarte aquí definitivamente?

—Sí. Te comenté que había encontrado trabajo, ¿verdad? Empiezo en septiembre.

—¿Tienes todo el verano libre?

Miranda asintió emocionada.

—Me muero de envidia. No tengo un verano libre desde...ni me acuerdo.

—¿Desde el instituto?

Raquel se rio.

—Sí, probablemente. Vamos a ver qué te parece el estudio. Ya te conté, es pequeñito, pero el espacio está muy bien aprovechado. Es una finca tranquila, sin apartamentos turísticos, y la calle es peatonal como ya habrás visto.

—Sí, he venido un rato antes para dar una vuelta por la zona y echar un vistazo...A lo mejor es un poco más céntrico de lo que había pensado en un principio, pero creo que podré acostumbrarme...El contraste con la tranquilidad que había en las calles de Oslo...es grande.

—Bueno, a mí la impresión que me dio cuando la visité es que allí no vivía nadie.

Miranda soltó una carcajada. Tenía razón.

—Sí, digamos que la gente no está por la calle. Si ves gente caminando, es solo porque van a un sitio específico.

—Oye, ¿y aquel chico noruego del que me hablaste? ¿Ya no estáis juntos?

Un poco cotilla Raquel sí que era.

—¿Magnus? No, no, aquella historia terminó. Estoy cien por cien soltera... ¿Y tú?

—Algo hay por ahí. Nada destacable. Quiero decir, nadie que le pueda presentar a mi madre.

—¡Te entiendo!

—Es un tema complicado. No sé si te apetece tener citas, pero te advierto...el mercado está fatal en esta ciudad.

—¿No está fatal en cualquier sitio? De todas formas, voy a estar bastante ocupada en los próximos meses, aclimatándome a todo, el nuevo trabajo, retomando el contacto con mucha gente...

—Ah, sí. ¿Y aquel chico con el que salías antes de irte? ¿Isaac, se llamaba? El colega de Roque. Bufff, hace mil años de eso, ¿no? ¿Seguís en contacto? Lo vi el otro día en la Cueva del Jam.

Miranda casi se atragantó con el café cuando oyó aquella revelación.

—¿Viste a Roque?

—No, no. A Isaac. Fui con unos compañeros de la oficina a la salida del trabajo. A uno de ellos le encanta el jazz y nos arrastró hacia allí para tomar algo y escuchar un poco de música en directo. Y ahí estaba, tocando el saxo. No soy ninguna experta, pero me encantó.

—¿Seguro que era él? No sabía que estaba en la ciudad.

MIRANDA PENSÓ EN CUANTAS veces podría haber coincidido Raquel con Isaac en el pasado. No tantas. A pesar de que Roque había sido para ella algo muy parecido a un novio al uso, sabía de buena tinta que él nunca la había considerado como tal. Ninguno de los dos hizo nada por tener aquella conversación y hacer las cosas "oficiales". Y eso implicaba varias cosas, como que el contacto con los amigos del otro era bastante esporádico. Ni siquiera Roque e Isaac habían sido íntimos en esa época. Pero parecía bastante convencida de que era él a quien había visto sobre el escenario de aquel club de jazz. Y además, Isaac, si seguía tan guapo como por entonces, no era de extrañar que lo hubiera reconocido al momento.

Por un instante, sintió un incontrolable ramalazo de celos. Raquel había visto a Isaac hacía solo unos días y ella no. ¡Estaba en la ciudad! Respiró profundamente, intentando serenar aquella inquietud que ya manaba de algún lugar de su organismo y que al mismo tiempo la alarmaba. Si aquel tema estaba tan superado, ¿por qué sentía la necesidad de revolverse en la silla, de ponerse de pie y salir de aquella cafetería? En ese momento se sentía como si se hubiera perdido la fiesta del siglo por quedarse leyendo en casa.

—Era él seguro —dijo Raquel con rotundidad—. Estaba más o menos igual a como lo recordaba. Bueno, los años le han sentado muy bien. Tenía un poco de barba...Y es obvio que le va bien. El sitio estaba tan lleno que estuvimos a punto de marcharnos.

—Ya. Pues no, no estamos en contacto.

—¿Sabes? Me sorprendí mucho cuando Roque me contó que lo habíais dejado. Casi me hizo perder la fe en el amor...

Miranda se rio, quitándole hierro al asunto.

—No pasó nada en concreto. Tomamos caminos distintos. Sentí que en ese momento tenía que dedicar más tiempo a mí misma, a averiguar qué camino profesional quería tomar. Y quería vivir fuera un tiempo...Así que fui yo quien tomó la decisión.

—¿Y te arrepentiste en algún momento?

Miranda guardó silencio durante unos instantes y, después, mintió:

—No. Sentí que era lo que tenía que hacer en aquella época.

—Claro, tiene todo el sentido...Bueno, si te apetece verlo... creo que su banda estaba casi todo el verano tocando en ese local. Vi un cartel por allí colgado. Al menos era una vez a la semana. No sabría exactamente decirte cuándo. Nosotros fuimos un martes por la noche, pero no estoy segura de si siempre tocan el mismo día de la semana.

TERMINARON EL DESAYUNO y pidieron la cuenta. Para Miranda, aquel encuentro se había enrarecido por momentos, y eso que la conversación había sido de lo más cordial y fluida. Había sido aquella mención de Isaac de repente lo que había alterado su conciencia. Obviamente Raquel no sabía nada de la hipotética cita que tenían programada para la noche de San Juan. Era una cosa que no le apetecía airear bajo ningún concepto. Y no porque le diera una especial relevancia o porque hubiera decidido ya presentarse allí, sino porque no tenía ganas de ponerse presión a sí misma; y ya se sabe como van estas cosas. Basta que se lo comentes a alguien para que esa persona se pase los próximos días preguntando si has tomado o no alguna decisión al respecto.

Miranda ya deseaba ir al grano y visitar el estudio con Raquel para poder dedicar la mañana a otras cosas, pero la conversación entre ellas se volvió un tanto más inquietante, ya que de nuevo la agente inmobiliaria hizo otra vez referencia a su visita a La Cueva del Jam. Fue así:

—¿Tienes previsto ir de vacaciones este verano? —le preguntó Miranda, ya en la calle, y decidida a desviar el tema hacia otros asuntos más livianos.

Raquel resopló.

—Ummm....complicado. El periodo de verano es cuando más trabajo tenemos en la agencia. Mucha gente deja su piso y otros, como tú, llegan para empezar trabajos o estudios en septiembre. Así que dudo que pueda escaparme hasta otoño. De todas formas casi prefiero viajar en otras épocas del año...

—Sí, yo también.

—¡Por cierto! Creo que vi el otro día en tu Instagram que habías estado en una pizzería nueva de la que ya he oído hablar bastante...¿sabes cuál te digo?

Miranda frunció el ceño, pensativa. Raquel era una de esas personas inquietantes que te habla o te pregunta por cosas que ha visto en tus redes sociales, en lugar de asumirlas en silencio y guardarse la información para sí misma.

Sacó el móvil de su bolso y abrió la aplicación de Instagram. Deslizó las últimas fotos con el dedo, aunque sabía perfectamente cuál era la instantánea a la que se refería. Había sido Ruth quien había insistido para encontrarse allí, después de que ambas llegasen a la ciudad con apenas unos días de diferencia. Le había hecho a Ruth una foto que había quedado genial, gracias en parte a que llevaba una blusa floreada preciosa, a punto de atacar una espectacular pizza *prosciuto*.

Se la enseñó.

—¿Esta? —contestó—. Sí, aquí está. Pizza Bellavista. ¿Has ido? Si te gusta la pizza napolitana, tienes que ir. La verdad es que no sé cómo hace mi amiga Ruth para enterarse de todos los nuevos restaurantes que abren por aquí, y eso que vive al otro lado del charco.

Raquel se detuvo y contempló la foto que le enseñaba con atención.

—¿Esa chica es amiga tuya? ¿Sabes que creo que la conozco?

—¿A Ruth? Es complicado...vive en Nueva York. Aunque ahora está por aquí de vacaciones.

—No, no. Me refiero a que la he visto antes. La semana pasada. En ese club de jazz en el que actuaba tu exnovio. En La Cueva del Jam.

MIRANDA LA OBSERVÓ perpleja. Aquello no era posible. Ruth había llegado una semana antes que ella a Barcelona, sí, pero estaba cien por cien segura de que si hubiera estado en uno de los recitales de Isaac ella habría sido la primera persona a la que se lo habría dicho. ¿O no? ¿Tal vez Ruth sabía a ciencia cierta como le estaba afectando el hecho de que el día del encuentro se acercaba y no quería añadir presión al asunto? Aún así, era raro...¿Ruth en un concierto de jazz? Jamás había mencionado ni por asomo que le gustase ese tipo de música.

—¿Estás segura? —le preguntó.

—Sí, completamente. Lo sé porque me fijé en la blusa que llevaba. Es la misma que en esa foto de la pizzería. Me gustó tanto cómo le quedaba que estuve a punto de preguntarle dónde la había comprado. Pero ahora que me dices que vive en Nueva York, pues ya entiendo todo...

—¿Entender todo?

—Sí, me pareció una chica con mucho estilo.

Miranda buscó el perfil de Instagram de Ruth y se lo enseñó a Raquel.

—Sí, es ella. Cien por cien. ¿No te ha dicho que estuvo en el concierto de Isaac?

—Bueno, hace días que no nos vemos —mintió—. Supongo que ya me contará la próxima vez que quedemos.

Raquel torció el gesto, consciente de que algo no encajaba.

—Bah, no le des demasiada importancia. Desde que cambiaron la ordenanza municipal ahora el Ayuntamiento es más permisivo con esto de los conciertos, ¿sabes? En cualquier bar te encuentras un show montado a las seis de la tarde. Tal vez tu amiga salió a tomar algo y se topó con el concierto.

Raquel se detuvo delante de un portal, y en los siguientes veinte minutos se convirtió en una comercial de pisos impecable. Y respecto a lo que comentaba acerca del concierto, tal vez fue así. Que Ruth hubiera salido a tomar algo y se encontrase a Isaac tocando su saxo. Y que se hubiera olvidado de mencionarlo.

Era poco probable, pero no imposible.